23 avril 1914

VENTE du JEUDI 23 AVRIL 1914

HOTEL DROUOT
Salle N° 10
à deux heures

EXPOSITION PUBLIQUE
le Mercredi 22 Avril 1914
de 2 heures à 6 heures.

N° 97.

DESSINS
ANCIENS ET MODERNES
GRAVURES

Tableaux de J. VERNET et de BREUGHEL

COMMISSAIRE-PRISEUR :

M° GEORGES TIXIER
45, rue de la Chaussée-d'Antin.

EXPERT :

M. MAX BINE
17, rue Victor-Massé.

46 — 5
91 — 3
92 — 25
123 — 2
128 — 9
139 — 13
141 — 10
163 — 40
151 — 52
____
9 | 163

CATALOGUE

DES

DESSINS ANCIENS ET MODERNES

GRAVURES, TABLEAUX

par ou attribués à

BOL, BOUCHER, DAUBIGNY, LOUTHERBOURG,
LUCAS de LEYDE, CALAME, CARESME, CARRACHE,
CARRAVAGE, CHARLET, LE CORRÈGE, DEVERIA, FALCONNET
FANTIN-LATOUR, PERELLE,
SALVATOR ROSA, ROWLANDSON, STEINLEN.

Tableaux de Joseph VERNET et de BREUGHEL
Pastel du XVIIIᵉ siècle.

dont la vente aura lieu

à Paris, HOTEL DROUOT, Salle Nᵒ 10
Le JEUDI 23 AVRIL 1914
à deux heures

Par le Ministère de Mᵉ Georges TIXIER
Commissaire-Priseur
45, rue de la Chaussée-d'Antin

Assisté de M. Max BINE, *Expert*
17, Rue Victor-Massé

EXPOSITION PUBLIQUE

le Mercredi 22 Avril 1914, de 2 heures à 6 heures.

CONDITIONS DE LA VENTE

Elle sera faite au comptant.

Les adjudicataires paieront dix pour cent en sus des enchères.

L'exposition mettant le public à même de se rendre compte de l'état et de la nature des tableaux, il ne sera admis aucune réclamation une fois l'adjudication prononcée.

Paris. — Imprimerie FRAZIER-SOYE, 153-155, rue Montmartre

DÉSIGNATION

GRAVURES ANCIENNES & MODERNES

BAUR

1. — *Suite de 14 planches.*
2. — *Suite de 22 planches.*
3. — *42 pièces diverses.*
   Gravées par M. Kussell.

BOL

4. — *5 pièces.*
   Gravées par Collaert.

BONNET (d'après C. Vanlo)

5. — *Le fils de Vanlo.*
   Gravure à la manière de crayon.

BOUCHER (F.)

6. — *Tête de jeune fille.*
   Gravure à la sanguine, par Bonnet.
7. — *La bonne mère.*
   Gravure à la manière de crayon, par Bonnet.
8. — *La paysanne endormie.*
   Gravure à la sanguine, par Demarteau.

BOTH

9. — *Le trajet.*
>2 eaux-fortes, dont une du 3ᵉ état avant le nom.

BRY (Th. de)

10. — *Série de 5 planches.*

11. — *Série de 10 planches.*

CHAPLIN (gravé par)

12. — *La famille de Rubens.*
>Eau-forte sur chine, signée, dédiée à M. Chatain.

CATHELAIN (Ph.)

13. — *16 portraits divers.*
>Eaux-fortes.

CHATELAIN, de FREY, HEARNE

14. — *Jésus bénissant Isaac. — Paysages.*
>4 pièces diverses d'après Poussin, Richards, Flink.

COCK (gravé par)

15. — *Suite de 8 pièces provenant du Musée de Berlin.*
>Timbre au dos.

DAUBIGNY

16. — *Le marais aux cigognes. — Le chant du coq.*
>2 eaux-fortes avant la lettre.

17. — *Le grand parc à moutons. — Les bergers.*
>2 eaux-fortes avant la lettre.

DELATRE (Eug.)

18. — *Le graveur.*
>Eau-forte en couleurs, avant la lettre.

DIETRICH (gravé par)

19. — *Paysages.*
>6 pièces.

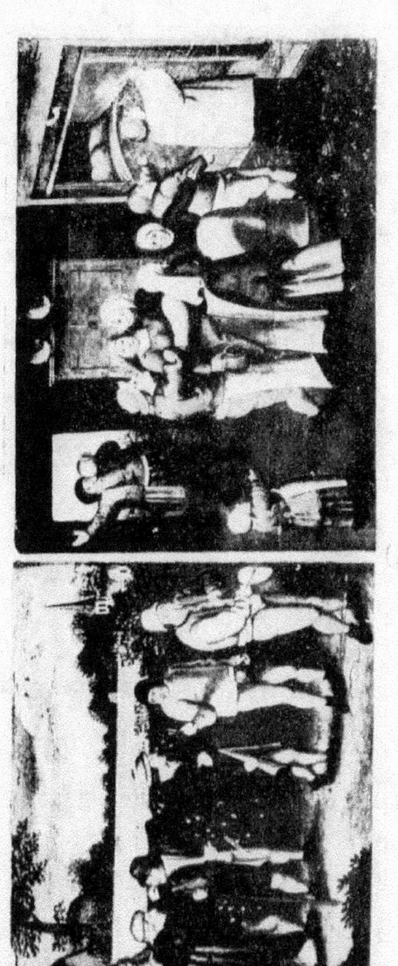

N° 62.

DUJARDIN (K.)

20. — *4 paysages.*
Eaux-fortes.

DURER (Albert)

21. — *La mélancolie.*
Tirage postérieur.

FRANCISQUE (gravé par)

22. — *Suite de 6 paysages.*

GAUTIER (Lucien)

23. — *Vues de Paris.*
9 eaux-fortes.

24. — *Vues de Paris.*
6 eaux-fortes avant la lettre.

GASPAR ISAC

25. — *La nopce de Village. — Félicitas.*
2 pièces.

GOLTZIUS (d'après)

26. — *5 planches diverses.*

GREUTER, HEMSKERK, VENNE, SOLIS, GLAUBER (gravé par)

27. — *5 pièces diverses.*

GUÉLARD (d'après Spoède)

28. — *Le doyen des maîtres peintres.*

HOGARTH

29. — *Portrait de Simon lord Lovat.*

L. JACQUE (d'après Ch. Jacque)

30. — *11 eaux-fortes diverses.*

JODE (Peter de)

31. — *3 pièces.*
D'après Van Dyck, Vennius.

LE COUTEUX (Lionel)

32. — *Lieurs de gerbes.*
> Eau-forte avant la lettre, d'après Millet.

LITHOGRAPHIES

33. — *122 pièces.*
> Par Madou, Calame, Baron, J. David, etc.

Nº 64.

LORRAIN (d'après Claude)

34. — *3 gravures.*
> Par Earlom-Ferady.

LOUTHERBOURG, GESSNER

35. — *Le marchand de figurines. — Le troupeau.*
> 2 eaux-fortes.

Lucas de LEYDE

36. — *Jésus racontant ses songes. — Jésus tenté par le démon.*
   3 pièces diverses.

MAETHAM (gravé par)

37. — *Les suites de l'ivresse.*
   2 pièces.

MAGIOTTO (d'après)

38. — *L'astrologue.*

MOLITOR, REINHART, KOBELL

39. — *5 paysages.*
   Eaux-fortes.

MONANTHEUIL (d'après)

40. — *Marie-Antoinette, reine de France.*

PERELLE (gravé par)

41. — *4 paysages.*

RECLAM (d'après N. Chapron)

42. — *Silène et Satyre.*
   2 paysages. 3 eaux-fortes.

43. — *Ferme et paysages.*
   3 eaux-fortes.

REMBRANDT

44. — *Tirages postérieurs ou d'après. — 18 pièces diverses.*

REYNOLDS (d'après)

45. — *Lady Catherine Clinton. — Lady Catherine Powlet.*
   2 gravures à la manière noire.

RODE (d'après)

46. — *« Hatons-nous, le ciel se couvre ».* — *Le sacrifice.*
2 pièces par A. de Marceray.

N° 73.

ROUSSEAU (d'après Th.)

47. — *Une mare, forêt de Fontainebleau.*
Eau-forte avant la lettre, par Chauvel.

SADELER (gravé par)

48. — *9 pièces.*

STRADAM (d'après)

49. — *21 planches chasse et pêche.*

SUAVIUS, Marc de RAVENNE, STRADAM, PAULLIS

49 *bis.* — *5 pièces diverses.*

TÉNIERS, Van OSTADE, BŒURS, HALKEN (d'après)

50. — *6 pièces.*

TROY (d'après de)

51. — *Portrait d'homme.*
Gravé par Edelink.

VERNET (d'après J.)

52. — *L'Heureux passage. — Le port de Marseille.*
2 pièces.

VILLAMENA, P. MONACO, A. VÉNITIEN (gravé par)

53. — *La tempérance. — La paille et la poutre. — Les gourmeurs.*
3 pièces.

VISCHER (gravé par)

54. — *Le marchand de mort-aux-rats.*

WATERLO (A.)

55. — *5 gravures diverses.*

WHEATLEY (d'après)

56. — *La marchande de champignons.*
Gravure à la manière noire.

ZUCARELLI (d'après)

57. — *Pastorales.*
2 pièces.

PORTRAITS

58. — *100 pièces, eaux-fortes, lithographies diverses.*

N° 118.

DESSINS, TABLEAUX

ALLONGÉ

59. — *Bords de rivière.*
  Crayon.   Haut. 0,245. Larg. 0,295.   8

60. — *Une rivière.*
  Crayon.   Haut. 0,270. Larg. 0,365.

BARON

61. — *Plaisirs champêtres.*
Crayon.

BREUGHEL (dit d'Enfer)

62. — *Scènes rustiques.*
Une compagnie de paysans se promène dans un chemin conduisant vers un village.
Un prêtre, dans un intérieur, bénit une accouchée.
Deux panneaux dans un cadre. Haut. 0,25.   Larg. 0,36.

CALAME

63. — *Une ferme.*
A la sépia.   Haut. 1,55.   Larg. 2,00.

CALLOT (J.)

64. — *Personnage portant une hotte.*
A la sanguine.   Haut. 0,78.   Larg. 0,60.

CARESME (Ph.)

65. — *L'Ivresse, nymphes et faunes.*
Toile.   Haut. 0,405.   Larg. 0,320.

CARRACHE (A.)

66. — *Scène biblique.*
A la plume.   Haut. 0,150.   Larg. 0,195.

CARAVAGE (Polidor de)

67. — *Moïse montrant les tables de la loi.*
Sépia, rehauts de blanc.   Haut. 0,155.   Larg. 0,250.

CHARLET

68. — *Feuille d'étude.*
Crayon, rehauts de blanc.   Haut. 0,210.   Larg. 0,275.

69. — *Napoléon et personnages divers.*
Feuille d'étude au crayon.   Haut. 0,210.   Larg. 0,285.

70. — *Maison.*
Aquarelle.   Haut. 0,235.   Larg. 0,310.

Nᵒ 125.

Nᵒ 131.

CHRÉTIEN (R.)

71. — *Nature morte.*
 Toile. Haut. 0,330. Larg. 0,410.

CLERGET

72. — *Dessin d'architecture.*
 Plume et lavis.

CORRÈGE (Le)

73. — *Amours.*
 Feuille d'étude à la plume, rehauts de blanc.
 Haut. 0,23. Larg. 0,19.

DELAISTRE (L.)

74. — *Raphaël et la Fornarina.*
 Crayon.

DELAROCHE (Paul)

75. — *Tête d'homme.*
 Crayon et sanguine.

DELFT

76. — *Marine.*
 Aquarelle, signée. Haut. 0,103. Larg. 0,173.

DEVERIA (A.)

77. — *La conversation.*
 Crayon.

78. — *Croquis au crayon.*

DOMINIQUIN (Le)

79. — *Le baiser.*
 Plume et sépia, rehauts de blanc.
 Haut. 0,130. Larg. 0,105.

DONAT-GUILLOT

80. — *Maison dans la forêt.*
    Panneau.   Haut. 0,265.   Larg. 0,410.

DREUX (attribué à **A. de**)

81. — *La promenade des chevaux.*
    Toile.   Haut. 0,380.   Larg. 0,550.

N° 140.

ÉCOLE ANGLAISE 1830

82. — *Village animé.*
    Au crayon.   Haut. 0,280.   Larg. 0,430.

ÉCOLE FLAMANDE

83. — *Personnages et animaux.*
    Toile.   Haut. 0,39.   Larg. 0,62.

ÉCOLE FLAMANDE (XVIᵉ siècle)

84. — *Amours en gaîeté.*
    A la plume, rehauts d'aquarelle.
                  Haut. 0,170.   Larg. 0,265.

ÉCOLE FLAMANDE (XVII° siècle)

85. — *Lion couché.*
>A la pierre noire. Haut. 0,13. Larg. 0,20.

ÉCOLE FLAMANDE (XVIII° siècle)

86. — *Paysage animé.*
>Panneau.

ÉCOLE FRANÇAISE

87. — *3 portraits d'homme.*
>Crayon.

ÉCOLE FRANÇAISE (XVI° siècle)

88. — *Adam et Ève.*
>A la plume, réhauts d'or. Haut. 0,20. Larg. 0,25.

ÉCOLE FRANÇAISE (XVII° siècle)

89. — *Portrait de Thomas Anello.*
>Sépia, réhauts de couleurs, gravure jointe.

ÉCOLE FRANÇAISE (XVIII° siècle)

90. — *Les trois grâces.*
>A la sanguine. Haut. 0,190. Larg. 0,140.

91. — *Croquis.*
>Plume et sépia.

92. — *Le Songe.*
>Pierre noire et sanguine. Haut. 0,220. Larg. 0,175.

93. — *Le parc de St-Cloud.*
>Crayon, réhauts de blanc. Haut. 0,480. Larg. 0,400.

94. — *Vue d'un parc.*
>Crayon, réhauts de blanc, forme ovale.

95. — *Femme endormie.*
>Pastel. Haut. 0,410. Larg. 0,320.

N° 1876.

96. — *Motifs de décoration.*
    Crayon et sanguine.

97. — *Portrait d'une jeune fille de face en buste.*
    Coiffée d'un petit chapeau à plume, la tête est d'expression
    agréable et souriante. La gorge est découverte jusqu'à la
    naissance des seins.
    Pastel de forme ovale, encadré.

ÉCOLE FRANÇAISE (début du XIXᵉ siècle)

98. — *Jeune femme et enfant.*
Aquarelle.

99. — *Le moulin sur la rivière.*
Toile.   Haut. 0,55.   Larg. 0,39.

100. — *2 Dessins pour illustration.*
Crayon.

101. — *Combat de cavalerie.*
Plume et lavis.

102. — *Portrait présumé de Mᵐᵉ de Staël.*
Miniature.

103. — *Portrait de jeune femme.*
Miniature.

103 *bis*. — *Jeune femme.*
Crayon.

ÉCOLE 1830

104. — *Croquis crayon.*
Rehauts d'aquarelle.

105. — *Vue du port de Toulon.*
Aquarelle.

106. — *Le joueur de guitare.*
Crayon et aquarelle.

107. — *Rue en Normandie, animée de personnages.*
Toile.   Haut. 0,210.   Larg. 0,160.

108. — *Aquarelle romantique.*

109. — *Idylle.*
Crayon, rehauts d'aquarelle.

110. — *Le bal masqué.*
Crayon.

111. — *Fête en Bretagne.*
Plume, rehauts de blanc.

ÉCOLE FRANÇAISE (2ᵉ partie du XIXᵉ siècle)

112. — *Projet pour calendrier.*
    Gouache.

Nᵒ 154.

ÉCOLE MODERNE

113. — *Sérénade dans un parc.*
    Aquarelle.

114. — *Femme sur un cheval fougueux.*
    Dessin rehaussé.

115. — *Sous-bois.*
    (Genre de Diaz).

ÉCOLE HOLLANDAISE (XVIIᵉ siècle)

116. — *La ménagère.*
    A la sanguine.   Haut. 0,29. Larg. 0,195.

ÉCOLE ITALIENNE

117. — *Tête d'homme.*
    A la pointe d'argent, sur papier plâtré.

FALCONNET

118. — *Vase, forme Médicis.*
Entourage de personnages à la partie supérieure.
Plume et sépia.   Haut. 0,480.   Larg. 0,390.

FANTIN-LATOUR père

119. — *Portrait présumé du Cte Vexel-Hostein.*
Pastel signé.   Haut. 0,35.   Larg. 0,30.

GELLÉE (attribué à Claude)

120. — *Ruines dans un paysage.*
Plume et sépia.   Haut. 0,165.   Larg. 0,210.

GIACOMELLI

121. — *Le nid.*
A la plume.

GOTLOB (F.)

122. — *La nourrice.*
Plume et lavis.

123. — *Le chemineau.*
Eau-forte en couleur.

GRENIER

124. — *Le cauchemar.*
Sépia.

GRIMALDI (dit Jean de BOLOGNE)

125. — *Paysage et personnages.*
Plume et lavis.   Haut. 0,210.   Larg. 0,285.

GRIPP (C.)

126. — *Un duel. — Paysage.*
2 dessins crayon.

N° 158.

HERAULT

127. — *Retour de la pêche.*

Toile signée en bas, à gauche. Haut. 0,45. Larg. 0,65.

HILAIRE (J.-B.)

128. — *La fontaine du Capitan.*

Plume et lavis. Haut. 0,210. Larg. 0,165.

HUARD (Ch.)

129. — *Le notaire.*

Encre de chine, a paru à l. *Revue des Revues.*

Haut. 0,320. Larg. 0,215.

HUET (attribué à J.-B.)

130. — *Personnages au bord de la mer.*

2 dessins à la pierre noire. Haut. 0,55. Larg. 0,155.

HUYSUM (Jan van)

131. — *Paysage animé.*

A la sanguine. Haut. 0,220. Larg. 0,310.

JORDAENS (attribué à J.)

132. — *Personnages.*

Étude pierre noire et sanguine.

LA BELLA (V.)

133. — *Scènes populaires d'Italie.*

3 dessins, rehauts de blanc.

LALLEMAND

134. — *Dessin d'architecture.*
Plume et lavis.

LEMLKE (J.-P.)

135. — *Personnage saluant un cavalier.*
A la sanguine.   Haut. 0,150.   Larg. 0,195.

LEONI (Ottavio)

136. — *Portrait d'homme.*
Pierre noire, rehauts de blanc et de sanguine.
Haut. 0,16.   Larg. 0,12.

LEVY (Michel)

137. — *Le port de Douvres.*
Aquarelle.   Haut. 0,220.   Larg. 0,285.

LEYMARIE

138. — *Scène de cabaret.*
Crayon.

MARNE (de)

139. — *Croquis.*
Plume et lavis.   Haut. 0,155.   Larg. 0,100.

MEER (J. van der)

140. — *Personnages et animaux dans un paysage.*
Plume et sépia.   Haut. 0,240.   Larg. 0,385.

MEULEN (attribué à **Van der**)

141. — *Etude de cavaliers.*

A la plume.   Haut. o,165. Larg. o,240.

MILLET (J.-B.)

142. — *La cardeuse de chanvre.*

Crayon.   Haut. o,370. Larg. o,270.

MOREAU (Pierre)

143. — *Dessin d'illustration avec légende.*

MURILLO (attribué à)

144. — *Saint Jean l'évangéliste.*

Plume et sépia.   Haut. o,285. Larg. o,210.

145. — *Saint Pierre recevant les clefs.*

Plume et aquarelle.   Haut. o,190. Larg. o,280.

OMMEGANCK

146. — *Tête de mouton.*

Sépia et aquarelle.   Haut. o,165. Larg. o,215.

PERELLE

147. — *Paysage.*

A la plume, forme ronde, gravure jointe.

PICARD (M.)

148. — *3 paysages.*

Aquarelles dans un cadre.

POUSSIN (Nicolas)

149. — *Scène biblique.*

Plume et lavis.   Haut. 0,300.   Larg. 0,410.

PREVOST (J.)

150. — *L'étang.*

Panneau.   Haut. 0,195.   Larg. 0,400.

ROSALBA CARRIÉRA

151. — *Portrait de femme.*

Toile.   Haut. 0,320.   Larg. 0,240.

SALVATOR ROSA

152. — *Etude à la sépia.*

Haut. 0,250.   Larg. 0,210.

153. — *Les pêcheurs.*

Plume et lavis.   Haut. 0,260.   Larg. 0,185.

ROWLANDSON

154. — *Homme poursuivi par des femmes lançant des boules de neige.*

Aquarelle.   Haut. 0,145.   Larg. 0,235.

155. — *Les maçons.*

Aquarelle.   Haut. 0,145.   Larg. 0,235.

156. — *La chute dans la rivière.*

Scène humoristique, aquarelle. Haut. 0,14.   Larg. 0,21.

SARTE (attribué à **André del**)

157. — *Personnage drapé.*
Étude à la sépia.   Haut. 0,265.   Larg. 0,152.

SÉNAVE (J.)

158. — *Dans l'intérieur d'un atelier d'artiste, un groupe de personnages écoute une jeune femme jouant de la mandole. Dans le fond, hommes et femmes dansent et jouent.*
Haut. 0,410.   Larg. 0,490.

STEINLEN

159. — *Une jeune paysanne tenant par la main **un** enfant qui pleure, s'en va à travers champs.*
Au crayons de couleurs.

THIRION (Eug.)

160. — *Portrait d'enfant.*
Toile.

TIÉPOLO (J.-B.)

161. — *La Vierge entourée d'anges.*
Plume et lavis.   Haut. 0,355.   Larg. 0,330.

TINANT, CARRET, BELLOGUET

162. — *4 dessins.*

TINTORET (attribué au)

163. — *Cavalier montant un cheval fougueux.*
A la plume.   Haut. 0,125.   Larg. 0,145.

TRINQUESSE (attribué à)

164. — *L'arracheur de dents, scène humoristique.*

> A la sanguine.

VERNET (Joseph)

165. — *Vue d'un port sur la Méditerranée. — Bateaux et personnages.*

> Toile.   Haut. 0,520.   Larg. 0,750.
>
> Ayant fait partie de la C^{on} du Maréchal Soult, cachet au bas, à gauche.

VERSCHURING (Hendrick)

166. — *Homme allumant sa pipe.*

> Pierre noire.   Haut. 0,185.   Larg. 0,145.

VILLE

167. — *Ruines et personnages.*

> Plume et lavis.   Haut. 0,210.   Larg. 0,165.

167 à 177. — *Lots de Gravures.*

178. — *Objets omis.*

RED. :
20

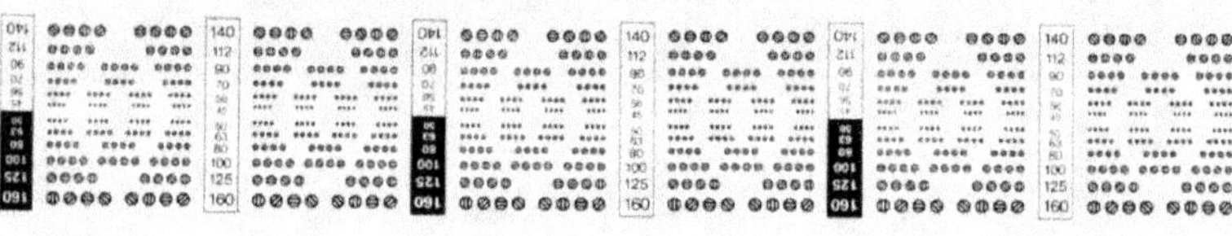
140 112 90 70 56 45 36 63 80 100 125 160
MIRE ISO N° 1
NF Z 43-007
AFNOR
Cedex 7 - 92080 PARIS-LA-DÉFENSE
379 89 70
graphicom
0 1 2 3 4 5 6 7 8 9 10

www.ingramcontent.com/pod-product-compliance
Lightning Source LLC
LaVergne TN
LVHW021801060726
842528LV00003B/1069